AF359988

LA FONTAINE

FABLES CHOISIES POUR LES ENFANTS

et illustrées par

M. B. DE MONVEL

E. PLON, NOURRIT & C. IMPRIMEURS-ÉDITEURS
RUE GARANCIÈRE — PARIS

TABLE DES MATIÈRES

TABLE DES MATIÈRES

PARIS. TYPOGRAPHIE DE E. PLON, NOURRIT ET Cⁱᵉ, RUE GARANCIÈRE, 8. — DESSINS EN RELIEF DE CH. G. PETIT ET Cⁱᵉ. — ENCRES DE LA MAISON CH. LORILLEUX ET Cⁱᵉ

LA CIGALE ET LA FOURMI

La cigale ayant chanté
    Tout l'été,
Se trouva fort dépourvue
Quand la bise fut venue :
Pas un seul petit morceau
De mouche ou de vermisseau.

Elle alla crier famine
Chez la fourmi sa voisine,

La priant de lui prêter
Quelque grain pour subsister
Jusqu'à la saison nouvelle.

« Je vous paierai, lui dit-elle,
Avant l'oût, foi d'animal,
Intérêt et principal. »

La fourmi n'est pas prêteuse ;
C'est là son moindre défaut.

« Que faisiez-vous au temps chaud ?
Dit-elle à cette emprunteuse.
— Nuit et jour à tout venant
Je chantais, ne vous déplaise.

—Vous chantiez ! j'en suis fort aise.
Eh bien ! dansez maintenant. »

LE CORBEAU ET LE RENARD.

Maître corbeau, sur un arbre perché,

Tenait en son bec un fromage.

Maître renard, par l'odeur alléché,

Lui tint à peu près ce langage :

« Hé! bonjour, monsieur du corbeau !

Que vous êtes joli !

que vous me semblez beau !

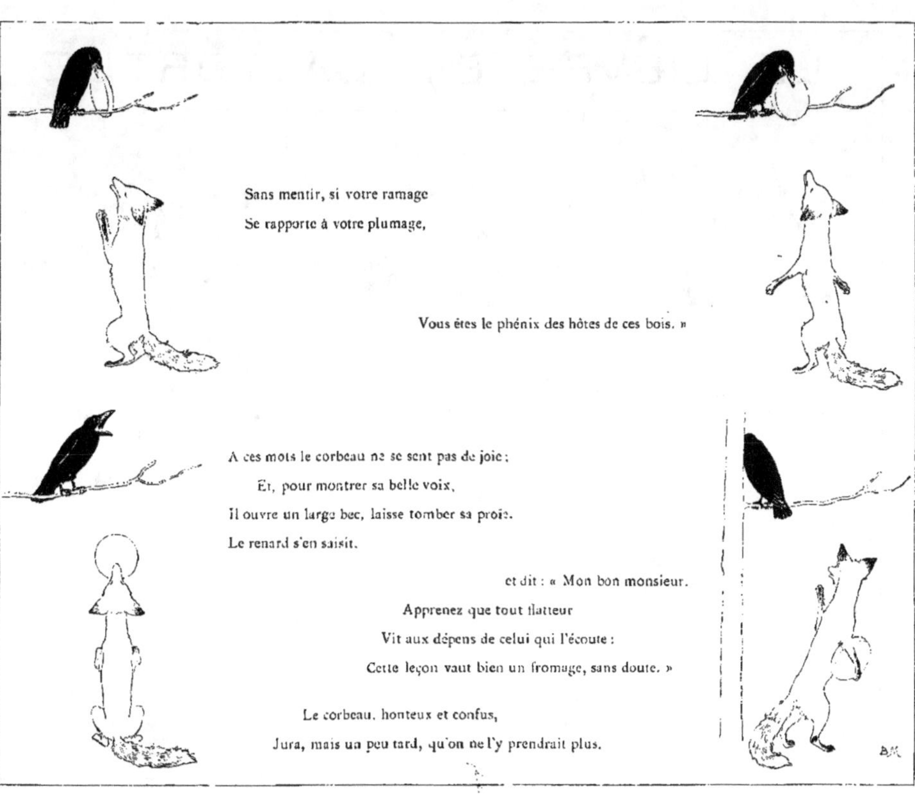

Sans mentir, si votre ramage
Se rapporte à votre plumage,

Vous êtes le phénix des hôtes de ces bois. »

A ces mots le corbeau ne se sent pas de joie ;
Et, pour montrer sa belle voix,
Il ouvre un large bec, laisse tomber sa proie.
Le renard s'en saisit.

et dit : « Mon bon monsieur.
Apprenez que tout flatteur
Vit aux dépens de celui qui l'écoute :
Cette leçon vaut bien un fromage, sans doute. »

Le corbeau, honteux et confus,
Jura, mais un peu tard, qu'on ne l'y prendrait plus.

LE LIEVRE ET LA TORTUE

Rien ne sert de courir ; il faut partir à point :
Le lièvre et la tortue en sont un témoignage.

« Gageons, dit celle-ci, que vous n'atteindrez point
Sitôt que moi ce but.

— Sitôt ! êtes-vous sage ?
Repartit l'animal léger :
Ma commère, il vous faut purger
Avec quatre grains d'ellébore.
— Sage ou non, je parie encore. »

Ainsi fut fait ; et de tous deux
On mit près du but les enjeux.
Savoir quoi, ce n'est pas l'affaire,
Ni de quel juge l'on convint.
Notre lièvre n'avait que quatre pas à faire ;
J'entends de ceux qu'il fait lorsque, près d'être atteint,
Il s'éloigne des chiens, les renvoie aux calendes,
Et leur fait arpenter les landes.

Ayant, dis-je, du temps de reste pour brouter,
Pour dormir, et pour écouter
D'où vient le vent, il laisse la tortue
Aller son train de sénateur.
Elle part, elle s'évertue ;
Elle se hâte avec lenteur.

Lui cependant méprise une telle victoire.
Tient la gageure à peu de gloire,
Croit qu'il y va de son honneur
De partir tard. Il broute, il se repose ;
Il s'amuse à tout autre chose
Qu'à la gageure.

A la fin, quand il vit
Que l'autre touchait presque au bout de la carrière,
Il partit comme un trait ; mais les élans qu'il fit
Furent vains : la tortue arriva la première.
« Eh bien ! lui cria-t-elle, avais-je pas raison ?
De quoi vous sert votre vitesse ?
Moi l'emporter ! et que serait-ce
Si vous portiez une maison ? »

LA GRENOUILLE qui veut se faire aussi grosse que le bœuf

Une grenouille vit un bœuf
Qui lui sembla de belle taille.

Elle, qui n'était pas grosse en tout comme un œuf,
Envieuse, s'étend, et s'enfle, et se travaille
Pour égaler l'animal en grosseur;

Disant: « Regardez bien, ma sœur:
Est-ce assez ? dites-moi ; n'y suis-je point encore ?
— Nenni.

— M'y voici donc? — Point du tout. — M'y voila ?
— Vous n'en approchez point. »

S'enfla si bien qu'elle creva.

La chétive pécore
S'enfla si bien qu'elle creva.

9

LES DEUX PIGEONS

Deux pigeons s'aimaient d'amour tendre :

L'un d'eux, s'ennuyant au logis,
Fut assez fou pour entreprendre
Un voyage en lointain pays.

L'autre lui dit : « Qu'allez-vous faire ?
Voulez-vous quitter votre frère ?
L'absence est le plus grand des maux :
Non pas pour vous, cruel !
Les dangers, les soins du voyage,
Changent un peu votre courage.
Encor, si la saison s'avançait davantage !
Attendez les zéphyrs : qui vous presse ? un corbeau
Tout à l'heure annonçait malheur à quelque oiseau.

Au moins, que les travaux.

Je ne songerai plus que rencontre funeste,
Que faucons, que réseaux. Hélas ! dirai-je, il p
Mon frère a-t-il tout ce qu'il veut,
Bon soupé, bon gîte, et le reste ? »
Ce discours ébranla le cœur
De notre imprudent voyageur :

Mais le désir de voir et l'humeur inquiète
L'emportèrent enfin.

 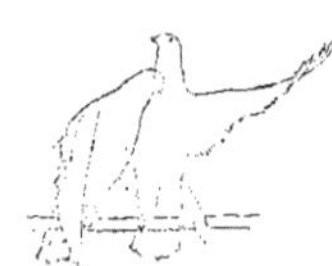 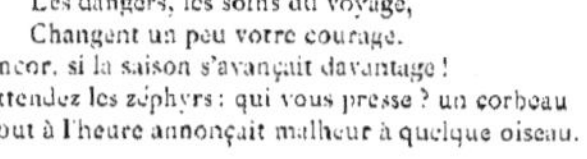 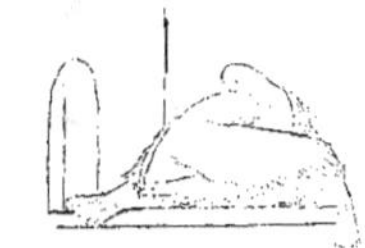

Il dit : « Ne pleurez point :
Trois jours au plus rendront mon âme satisfaite :
Je reviendrai dans peu conter de point en point
Mes aventures à mon frère ;

Je le désennuierai. Quiconque ne voit guère
N'a guère à dire aussi. Mon voyage dépeint
Vous sera d'un plaisir extrême.
Je dirai : J'étais là ; telle chose m'avint :
Vous y croirez être vous-même. »

A ces mots, en pleurant, ils se dirent adieu.

Le voyageur s'é

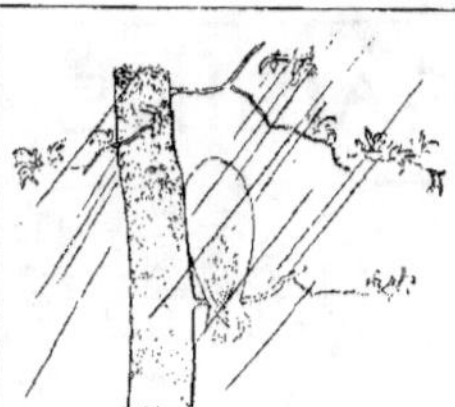

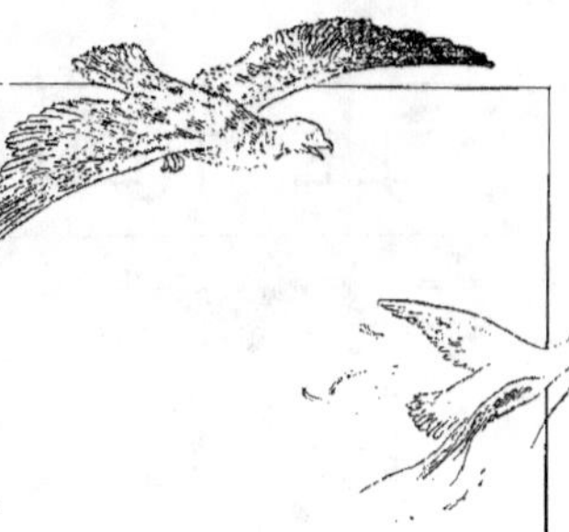

        et voilà qu'un nuage
L'oblige de chercher retraite en quelque lieu.
Un seul arbre s'offrit, tel encor que l'orage
Maltraita le pigeon en dépit du feuillage.

L'air devenu serein, il part tout morfondu,
Sèche du mieux qu'il peut son corps chargé de pluie ;
Dans un champ à l'écart voit du blé répandu,
Voit un pigeon auprès : cela lui donne envie ;
Il y vole, il est pris : ce blé couvrait d'un lacs
     Les menteurs et traîtres appâts.
Le lacs était usé ; si bien que, de son aile,
De ses pieds, de son bec, l'oiseau le rompt enfin :
Quelque plume y périt ;

        et le pis du destin
Fut qu'un certain vautour à la serre cruelle
Vit notre malheureux, qui, traînant la ficelle
Et les morceaux du lacs qui l'avait attrapé,
     Semblait un forçat échappé.
Le vautour s'en allait le lier, quand des nues
Fond à son tour un aigle aux ailes étendues.
Le pigeon profita du conflit des voleurs,

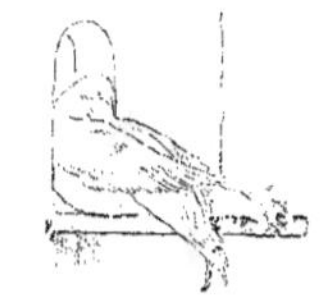

S'envola, s'abattit auprès d'une masure,
     Crut pour ce coup que ses malheurs
     Finiraient par cette aventure ;
Mais un fripon d'enfant (cet âge est sans pitié)
Prit sa fronde, et d'un coup tua plus d'à moitié
     La volatile malheureuse,

Qui, maudissant sa curiosité.
     Traînant l'aile, et tirant le pied,
     Demi-morte, et demi-boiteuse,
Droit au logis s'en retourna :
Que bien, que mal, elle arriva
Sans autre aventure fâcheuse.

Voilà nos gens rejoints ; et je laisse à juger
De combien de plaisirs ils payèrent leurs peines.

LE RENARD ET LES RAISINS

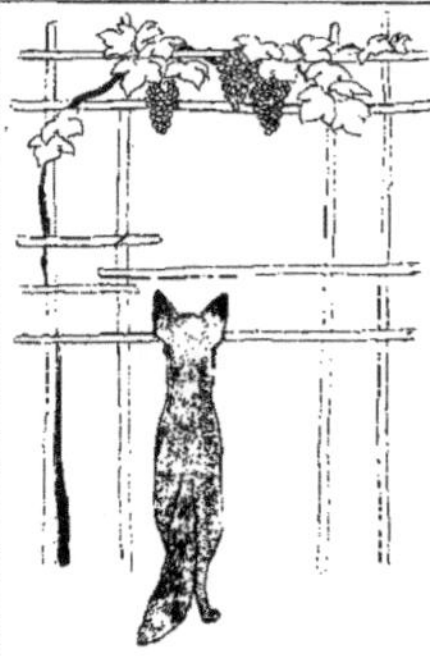

Certain renard gascon, d'autres disent normand,

Mourant presque de faim, vit au haut d'une treille

Des raisins, mûrs apparemment,

Et couverts d'une peau vermeille.

Le galant en eût fait volontiers un repas ;

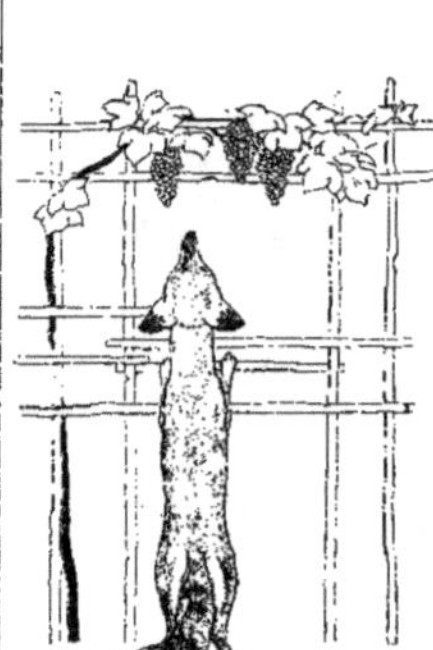

Mais comme il n'y pouvait atteindre :

« Ils sont trop verts, dit-il, et bons pour des goujats. »

Fit-il pas mieux que de se plaindre ?

LE MEUNIER SON FILS ET L'ANE

i lu dans quelque endroit qu'un meunier et son fils,
un vieillard, l'autre enfant, non pas des plus petits.

Mais garçon de quinze ans, si j'ai bonne mémoire,
Allaient vendre leur âne, un certain jour de foire.
Afin qu'il fût plus frais et de meilleur débit,
On lui lia les pieds, on vous le suspendit :
Puis cet homme et son fils le portent comme un lustre.

Pauvres gens ! idiots ! couple ignorant et rustre !
Le premier qui les vit de rire s'éclata :
« Quelle farce, dit-il, vont jouer ces gens-là ?
Le plus âne des trois n'est pas celui qu'on pense. »

Le meunier, à ces mots, connaît son ignorance ;
Il met sur pied sa bête et la fait détaler.
L'âne, qui goûtait fort l'autre façon d'aller,
Se plaint en son patois.

Le meunier n'en a cure ;
Il fait monter son fils, il suit : et, d'aventure,

Passent trois bons marchands. Cet objet leur déplut.
Le plus vieux au garçon s'écria tant qu'il put :
  « Holà ! ho ! descendez ; que l'on ne vous le dise.
  Jeune homme, qui menez laquais à barbe grise !
  C'était à vous de suivre, au vieillard de monter.

— Messieurs, dit le meunier, il vous faut contenter. »
L'enfant met pied à terre, et puis le vieillard monte ;

Quand trois filles passant, l'une dit : « C'est grand'honte
Qu'il faille voir ainsi clocher ce jeune fils,
Tandis que ce nigaud, comme un évêque assis,
Fait le veau sur son âne, et pense être bien sage.

— Il n'est, dit le meunier, plus de veaux à mon âge :
Passez votre chemin, la fille, et m'en croyez. »

Après maints quolibets coup sur coup renvoyés,
L'homme crut avoir tort, et mit son fils en croupe.

Au bout de trente pas, une troisième troupe
Trouve encore à gloser. L'un dit : « Ces gens sont fous !
Le baudet n'en peut plus, il mourra sous leurs coups.
Eh quoi ! charger ainsi cette pauvre bourrique !
N'ont-ils point de pitié de leur vieux domestique ?
Sans doute qu'à la foire ils vont vendre sa peau.

— Parbleu ! dit le meunier, est bien fou du cerveau
Qui prétend contenter tout le monde et son père.
Essayons toutefois si par quelque manière
Nous en viendrons à bout. » Ils descendent tous deux.
L'âne se prélassant marche seul devant eux.

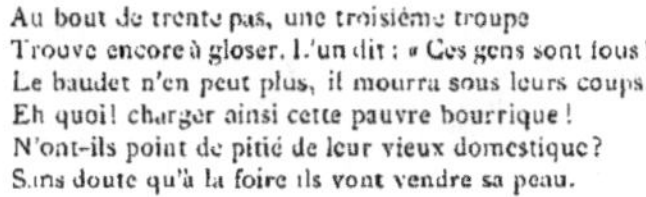

Un quidam les rencontre, et dit : « Est-ce la mode
Que baudet aille à l'aise, et meunier s'incommode ?
Qui de l'âne ou du maître est fait pour se lasser ?
Je conseille à ces gens de le faire enchâsser.
Ils usent leurs souliers, et conservent leur âne !
Nicolas, au rebours : car, quand il va voir Jeanne,
Il monte sur sa bête ; et la chanson le dit.
Beau trio de baudets ! »

Le meunier repartit :
« Je suis âne, il est vrai, j'en conviens, je l'avoue ;
Mais que dorénavant on me blâme, on me loue,
Qu'on dise quelque chose, ou qu'on ne dise rien,
J'en veux faire à ma tête. »

Il le fit, et fit bien.

LE RAT DE VILLE
ET LE RAT DES CHAMPS

Autrefois le rat de ville
Invita le rat des champs,
D'une façon fort civile,
A des reliefs d'ortolans.

Sur un tapis de Turquie
Le couvert se trouva mis.
Je laisse à penser la vie
Que firent ces deux amis.

Le régal fut fort honnête;
Rien ne manquait au festin :
Mais quelqu'un troubla la fête
Pendant qu'ils étaient en train.

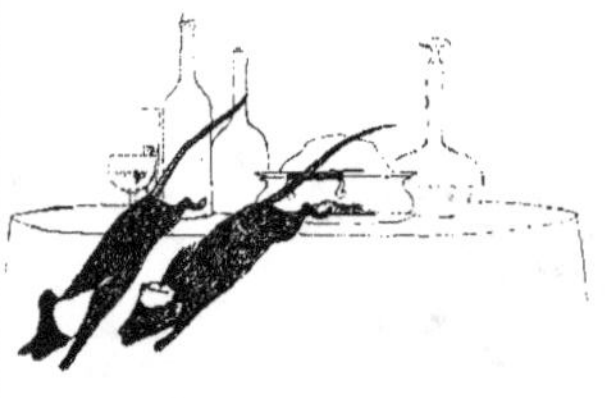

A la porte de la salle
Ils entendirent du bruit :
Le rat de ville détale :
Son camarade le suit.

Le bruit cesse, on se retire :
Rats en campagne aussitôt ;
Et le citadin de dire :
« Achevons tout notre rôt.

-- C'est assez, dit le rustique :
Demain vous viendrez chez moi
Ce n'est pas que je me pique
De tous vos festins de roi ·

Mais rien ne vient m'interrompre ;
Je mange tout à loisir.
Adieu donc. Fi du plaisir
Que la crainte peut corrompre! »

LE RENARD qui a la queue coupée

Un vieux renard, mais des plus fins,
Grand croqueur de poulets, grand preneur de lapins,
   Sentant son renard d'une lieue,
   Fut enfin au piége attrapé.
   Par grand hasard en étant échappé.

Non pas franc, car pour gage il y laissa sa queue ;
S'étant, dis-je, sauvé sans queue, et tout honteux,
Pour avoir des pareils (comme il était habile),

Un jour que les renards tenaient conseil entre eux :
« Que faisons-nous, dit-il, de ce poids inutile,
Et qui va balayant tous les sentiers fangeux ?

   Que nous sert cette queue ? il faut qu'on se la coupe :
     Si l'on me croit, chacun s'y résoudra.
   — Votre avis est fort bon, dit quelqu'un de la troupe :
   Mais tournez-vous, de grâce ; et l'on vous répondra. »

   A ces mots il se fit une telle huée,
   Que le pauvre écourté ne put être entendu.
   Prétendre ôter la queue eût été temps perdu :
     La mode en fut continuée.

LE LOUP ET LE CHIEN

Un loup n'avait que les os et la peau,
Tant les chiens faisaient bonne garde :
Ce loup rencontre un dogue aussi puissant que beau,

Gras, poli, qui s'était fourvoyé par mégarde.
L'attaquer, le mettre en quartiers,
Sire loup l'eût fait volontiers ;
Mais il fallait livrer bataille ;

Et le mâtin était de taille
A se défendre hardiment.
Le loup donc l'aborde humblement,

Entre en propos, et lui fait compliment
Sur son embonpoint, qu'il admire.

« Il ne tiendra qu'à vous, beau sire.
D'être aussi gras que moi, lui repartit le chien.
Quittez les bois, vous ferez bien :
Vos pareils y sont misérables,

Cancres, hères, et pauvres diables,
Dont la condition est de mourir de faim.
Car, quoi ! rien d'assuré ! point de franche lippée !
Tout à la pointe de l'épée !
Suivez-moi, vous aurez un bien meilleur destin. »

Le loup reprit : « Que me faudra-t-il faire ?
— Presque rien, dit le chien : donner la chasse aux gens
   Portant bâtons, et mendiants ;
Flatter ceux du logis, à son maître complaire ;

Moyennant quoi votre salaire
Sera force reliefs de toutes les façons,
   Os de poulets, os de pigeons ;
   Sans parler de mainte caresse. »

Le loup déjà se forge une félicité
   Qui le fait pleurer de tendresse.

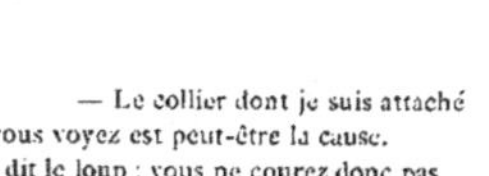

Chemin faisant, il vit le cou du chien pelé.
« Qu'est-ce là ? lui dit-il. — Rien. — Quoi ! rien ! — Peu de chose.
— Mais encor ?

       — Le collier dont je suis attaché
De ce que vous voyez est peut-être la cause.
— Attaché ! dit le loup : vous ne courez donc pas
   Où vous voulez ? — Pas toujours ; mais qu'importe ?

— Il importe si bien, que de tous vos repas
   Je ne veux en aucune sorte.
Et ne voudrais pas même à ce prix un trésor. »
Cela dit, maître loup s'enfuit, et court encor.

LE SAVETIER ET LE FINANCIER

Un savetier chantait du matin jusqu'au soir :
    C'était merveille de le voir.
Merveille de l'ouïr ; il faisait des passages,
    Plus content qu'aucun des sept sages.

Son voisin, au contraire, était tout cousu d'or.
    Chantait peu, dormait moins encor :
    C'était un homme de finance.

Si sur le point du jour parfois il sommeillait,
Le savetier alors en chantant l'éveillait ;
    Et le financier se plaignait
    Que les soins de la Providence
N'eussent pas au marché fait vendre le dormir,
    Comme le manger et le boire.

En son hôtel il fait venir
Le chanteur, et lui dit : « Or çà, sire Grégoire.
Que gagnez-vous par an ? — Par an ! ma foi, monsieur,
    Dit avec un ton de rieur

Le gaillard savetier, ce n'est point ma manière
De compter de la sorte ; et je n'entasse guère
    Un jour sur l'autre : il suffit qu'à la fin
    J'attrape le bout de l'année ;
    Chaque jour amène son pain.

— Eh bien ! que gagnez-vous, dites-moi, par journée ?

— Tantôt plus, tantôt moins : le mal est que toujours
(Et sans cela nos gains seraient assez honnêtes),
Le mal est que dans l'an s'entremêlent des jours
    Qu'il faut chômer : on nous ruine en fêtes.
L'une fait tort à l'autre, et monsieur le curé
De quelque nouveau saint charge toujours son prône. »

Le financier, riant de sa naïveté,
Lui dit : « Je vous veux mettre aujourd'hui sur le trône.

Prenez ces cent écus ; gardez-les avec soin,
    Pour vous en servir au besoin. »

Le savetier crut voir tout l'argent que la terre
    Avait, depuis plus de cent ans,
    Produit pour l'usage des gens.
Il retourne chez lui :

2.

dans sa cave il enserre
L'argent, et sa joie à la fois.

Plus de chant : il perdit la voix,
Du moment qu'il gagna ce qui cause nos peines.
Le sommeil quitta son logis ;
Il eut pour hôtes les soucis,
Les soupçons, les alarmes vaines.

Tout le jour il avait l'œil au guet ; et la nuit,
Si quelque chat faisait du bruit,
Le chat prenait l'argent.

A la fin le pauvre homme
S'en courut chez celui qu'il ne réveillait plus :
« Rendez-moi, lui dit-il, mes chansons et mon somme,
Et reprenez vos cent écus. »

LE CORBEAU voulant imiter l'Aigle

L'oiseau de Jupiter enlevant un mouton.
　Un corbeau, témoin de l'affaire,
Et plus faible de reins, mais non pas moins glouton,
　En voulut sur l'heure autant faire.

Il tourne à l'entour du troupeau,
Marque entre cent moutons le plus gras, le plus beau,
　Un vrai mouton de sacrifice :
On l'avait réservé pour la bouche des dieux.

Gaillard corbeau disait, en le couvant des yeux :
　« Je ne sais qui fut ta nourrice ;
Mais ton corps me paraît en merveilleux état :
　Tu me serviras de pâture. »
Sur l'animal bêlant à ces mots il s'abat.

　La moutonnière créature
Pesait plus qu'un fromage ; outre que sa toison
　Etait d'une épaisseur extrême,
Et mêlée à peu près de la même façon
　Que la barbe de Polyphème.
Elle empêtra si bien les serres du corbeau,

Que le pauvre animal ne put faire retraite :
Le berger vient, le prend, l'encage bien et beau,

Le donne à ses enfants pour servir d'amusette.

Il faut se mesurer ; la conséquence est nette ;
Mal prend aux volereaux de faire les voleurs.
　L'exemple est un dangereux leurre :
Tous les mangeurs de gens ne sont pas grands seigneurs ;
Où la guêpe a passé, le moucheron demeure.

LE RENARD ET LE BOUC

Capitaine renard allait de compagnie
Avec son ami bouc des plus haut encornés:
Celui-ci ne voyait pas plus loin que son nez;
L'autre était passé maître en fait de tromperie.

La soif les obligea de descendre en un puits :
    Là, chacun d'eux se désaltère.
Après qu'abondamment tous deux en eurent pris,

Le renard dit au bouc: « Que ferons-nous, compère?
Ce n'est pas tout de boire, il faut sortir d'ici.

Lève tes pieds en haut, et tes cornes aussi;
    Mets-les contre le mur : le long de ton échine

Je grimperai premièrement ;
Puis, sur tes cornes m'élevant,
A l'aide de cette machine,
De ce lieu-ci je sortirai,
Après quoi je t'en tirerai.
— Par ma barbe ! dit l'autre, il est bon ; et je loue
Les gens bien sensés comme toi.
Je n'aurais jamais, quant à moi,
Trouvé ce secret, je l'avoue. »
Le renard sort du puits, laisse son compagnon,

Et vous lui fait un beau sermon
Pour l'exhorter à la patience.
« Si le ciel t'eût, dit-il, donné par excellence
Autant de jugement que de barbe au menton,
Tu n'aurais pas, à la légère,
Descendu dans ce puits. Or, adieu ; j'en suis hors :
Tâche de t'en tirer, et fais tous tes efforts ;
Car, pour moi, j'ai certaine affaire
Qui ne me permet pas d'arrêter en chemin. »

En toute chose il faut considérer la fin.

LA GRENOUILLE ET LE RAT

Tel, comme dit Merlin, cuide engeigner autrui,
    Qui souvent s'engeigne soi-même.
J'ai regret que ce mot soit trop vieux aujourd'hui ;
Il m'a toujours semblé d'une énergie extrême.
Mais afin d'en venir au dessein que j'ai pris :
Un rat plein d'embonpoint, gras, et des mieux nourris,

Et qui ne connaissait l'avent ni le carême,
Sur le bord d'un marais égayait ses esprits.

Une grenouille approche, et lui dit en sa langue :
« Venez me voir chez moi ; je vous ferai festin. »
    Messire rat promit soudain :
Il n'était pas besoin de plus longue harangue.

Elle allégua pourtant les délices du bain,
La curiosité, le plaisir du voyage.
Cent raretés à voir le long du marécage :
Un jour il conterait à ses petits-enfants
Les beautés de ces lieux, les mœurs des habitants,
Et le gouvernement de la chose publique
    Aquatique.

Un point sans plus tenait le galant empêché :
Il nageait quelque peu, mais il fallait de l'aide.
La grenouille à cela trouve un très-bon remède ;
Le rat fut à son pied par la patte attaché :
    Un brin de jonc en fit l'affaire

Dans le marais entrés, notre bonne commère
S'efforce de tirer son hôte au fond de l'eau,
Contre le droit des gens, contre la foi jurée ;
Prétend qu'elle en fera gorge chaude et curée ;

C'était, à son avis, un excellent morceau.
Déjà dans son esprit la galande le croque.
Il atteste les dieux, la perfide s'en moque :
Il résiste ; elle tire.

En ce combat nouveau,
Un milan, qui dans l'air planait, faisait la ronde,
Voit d'en haut le pauvret se débattant sur l'onde.
Il fond dessus, l'enlève, et, par même moyen,

La grenouille et le lien.
Tout en fut, tant et si bien
Que de cette double proie
L'oiseau se donne au cœur joie,
Ayant, de cette façon,
A souper chair et poisson.

LA LAITIERE ET LE POT AU LAIT

Perrette, sur sa tête ayant un pot au lait,
Bien posé sur un coussinet,
Prétendait arriver sans encombre à la ville.

Légère et court vêtue, elle allait à grands pas,
Ayant mis ce jour-là, pour être plus agile,
Cotillon simple et souliers plats.
Notre laitière ainsi troussée

Comptait déjà dans sa pensée
Tout le prix de son lait : en employait l'argent ;
Achetait un cent d'œufs, faisait triple couvée ·

La chose allait à bien par son soin diligent.
« Il m'est, disait-elle, facile
D'élever des poulets autour de ma maison ;

Le renard sera bien habile
S'il ne m'en laisse assez pour avoir un cochon.
Le porc à s'engraisser coûtera peu de son ;

Il était, quand je l'eus, de grosseur raisonnable :
J'aurai, le revendant, de l'argent bel et bon.

Et qui m'empêchera de mettre en notre étable
Vu le prix dont il est, une vache et son veau,
Que je verrai sauter au milieu du troupeau ? »

Perrette là-dessus saute aussi, transportée :
Le lait tombe : adieu veau, vache, cochon, couvée.

La dame de ces biens, quittant d'un œil marri
Sa fortune ainsi répandue,

Va s'excuser à son mari,
En grand danger d'être battue.
Le récit en farce en fut fait ;
On l'appela le Pot au lait.

LE RENARD ET LA CIGOGNE

Compère le renard se mit un jour en frais,
Et retint à dîner commère la cigogne.

Le régal fut petit et sans beaucoup d'apprêts :
Le galant, pour toute besogne,
Avait un brouet clair (il vivait chichement).

Ce brouet fut par lui servi sur une assiette :

La cigogne au long bec n'en put attraper miette ;   Et le drôle eut lapé le tout en un moment.

Pour se venger de cette tromperie,

A quelque temps de là, la cigogne le prie.
« Volontiers, lui dit-il, car avec mes amis
Je ne fais point cérémonie. »

A l'heure dite, il courut au logis
De la cigogne son hôtesse,
Loua très fort sa politesse,
Trouva le dîner cuit à point :

Bon appétit surtout ; renards n'en manquent point.
Il se réjouissait à l'odeur de la viande
Mise en menus morceaux et qu'il croyait friande.
    On servit, pour l'embarrasser,
En un vase à long col et d'étroite embouchure :

Le bec de la cigogne y pouvait bien passer :
Mais le museau du sire était d'autre mesure.

Il lui fallut à jeun retourner au logis.
Honteux comme un renard qu'une poule aurait pris,
    Serrant la queue et portant bas l'oreille.

        Trompeurs, c'est pour vous que j'écris :
        Attendez-vous à la pareille.

UN FOU ET UN SAGE

Certain fou poursuivait à coups de pierre un sage.

Le sage se retourne, et lui dit : « Mon ami,
C'est fort bien fait à toi, reçois cet écu-ci.
Tu fatigues assez pour gagner davantage ;
Toute peine, dit-on, est digne de loyer.

Vois cet homme qui passe, il a de quoi payer ;
Adresse-lui tes dons, ils auront leur salaire. »

Amorcé par le gain, notre fou s'en va faire
Même insulte à l'autre bourgeois.

On ne le paya pas en argent cette fois.
Maint estafier accourt ; on vous happe notre homme,
On vous l'échine, on vous l'assomme.

LE LION ET LE RAT

Il faut, autant qu'on peut, obliger tout le monde :
On a souvent besoin d'un plus petit que soi.
De cette vérité deux fables feront foi ·
　　Tant la chose en preuves abonde.

Entre les pattes d'un lion
Un rat sortit de terre assez à l'étourdie.

Le roi des animaux, en cette occasion,
Montra ce qu'il était, et lui donna la vie.

Ce bienfait ne fut pas perdu :
Quelqu'un aurait-il jamais cru
Qu'un lion d'un rat eût affaire ?

Cependant il advint qu'au sortir des forêts
　　Ce lion fut pris dans des rets,
Dont ses rugissements ne le purent défaire.
Sire rat accourut, et fit tant par ses dents,
Qu'une maille rongée emporta tout l'ouvrage.

Patience et longueur de temps
Font plus que force ni que rage.

LA COLOMBE ET LA FOURMI

L'autre exemple est tiré d'animaux plus petits.

Le long d'un clair ruisseau buvait une colombe,

Quand sur l'eau se penchant une fourmis y tombe :
Et dans cet océan on eût vu la fourmis
S'efforcer, mais en vain, de regagner la rive.

La colombe aussitôt usa de charité.
Un brin d'herbe dans l'eau par elle étant jeté,

Ce fut un promontoire où la fourmis arrive.
Elle se sauve.

Et là-dessus
Passe un certain croquant qui marchait les pieds nus :
Ce croquant, par hasard, avait une arbalète.

Dès qu'il voit l'oiseau de Vénus.
Il le croit en son pot, et déjà lui fait fête.
Tandis qu'à le tuer mon villageois s'apprête,

La fourmi le pique au talon.

Le vilain retourne la tête :
La colombe l'entend, part, et tire de long.
Le soupé du croquant avec elle s'envole :
Point de pigeon pour une obole.

LE POT DE TERRE ET LE POT DE FER

Le pot de fer proposa
Au pot de terre un voyage.

Celui-ci s'en excusa,
Disant qu'il ferait que sage
De garder le coin du feu :

Car il lui fallait si peu,
Si peu que la moindre chose
De son débris serait cause :
Il n'en reviendrait morceau.
« Pour vous, dit-il, dont la peau
Est plus dure que la mienne,
Je ne vois rien qui vous tienne.

— Vous vous mettrons à couvert,
Repartit le pot de fer :
Si quelque matière dure
Vous menace d'aventure,
Entre deux je passerai,
Et du coup vous sauverai. »

Cette offre le persuade.
Pot de fer son camarade
Se met droit à ses côtés.
Mes gens s'en vont à trois pieds

Clopin clopant comme ils peuvent.
L'un contre l'autre jetés
Au moindre hoquet qu'ils treuvent
Le pot de terre en souffre ;

il n'eut pas fait cent pas,
Que par son compagnon il fut mis en éclats,
Sans qu'il eût lieu de se plaindre.

Ne nous associons qu'avecque nos égaux ;
Ou bien il nous faudra craindre
Le destin d'un de ces pots.

L'OURS ET LES DEUX COMPAGNONS

Deux compagnons, pressés d'argent,
A leur voisin fourreur vendirent
La peau d'un ours encor vivant,
Mais qu'ils tueraient bientôt, du moins à ce qu'ils dirent.

C'était le roi des ours au compte de ces gens :
Le marchand à sa peau devait faire fortune ;
Elle garantirait des froids les plus cuisans ;
On en pourrait fourrer plutôt deux robes qu'une.
Dindenaut prisait moins ses moutons qu'eux leur ours :

Leur, à leur compte, et non à celui de la bête.
S'offrant de la livrer au plus tard dans deux jours,
Ils conviennent de prix,

et se mettent en quête,

3.

Trouvent l'ours qui s'avance et vient vers eux au trot.

> Voilà mes gens frappés comme d'un coup de foudre.
> Le marché ne tint pas ; il fallut le résoudre :
> D'intérêts contre l'ours, on n'en dit pas un mot.
> L'un des deux compagnons grimpe au faîte d'un arbre ;

L'autre, plus froid que n'est un marbre,
Se couche sur le nez, fait le mort, tient son vent,
> Ayant quelque part ouï dire
> Que l'ours s'acharne peu souvent
Sur un corps qui ne vit, ne meut, ni ne respire.

Seigneur ours, comme un sot, donna dans ce panneau :
Il voit ce corps gisant, le croit privé de vie :
> Et, de peur de supercherie,
Le tourne, le retourne, approche son museau,
> Flaire aux passages de l'haleine.

« C'est, dit-il, un cadavre ; ôtons-nous, car il sent. »

A ces mots, l'ours s'en va dans la forêt prochaine.

L'un de nos deux marchands de son arbre descend,   Court à son compagnon.

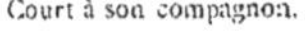

lui dit que c'est merveille
Qu'il n'ait eu seulement que la peur pour tout mal.

« Eh bien ! ajouta-t-il, la peau de l'animal ?
Mais que t'a-t-il dit à l'oreille ?
Car il t'approchait de bien près,
Te retournant avec sa serre.
— Il m'a dit qu'il ne faut jamais
Vendre la peau de l'ours qu'on ne l'ait mis par terre. »

LE LOUP ET L'AGNEAU.

La raison du plus fort est toujours la meilleure :
Nous l'allons montrer tout à l'heure.

Un agneau se désaltérait
Dans le courant d'une onde pure.

Un loup survient à jeun, qui cherchait aventure,
Et que la faim en ces lieux attirait.

« Qui te rend si hardi de troubler mon breuvage ?
Dit cet animal plein de rage :
Tu seras châtié de ta témérité.

— Sire, répond l'agneau, que votre majesté
Ne se mette pas en colère ;
Mais plutôt qu'elle considère
Que je me vas désaltérant
Dans le courant,

Plus de vingt pas au-dessous d'elle :
Et que par conséquent, en aucune façon,
Je ne puis troubler sa boisson.

— Tu la troubles ! reprit cette bête cruelle ;
Et je sais que de moi tu médis l'an passé.
— Comment l'aurais-je fait si je n'étais pas né ?
Reprit l'agneau ; je tette encor ma mère.

— Si ce n'est toi, c'est donc ton frère.
— Je n'en ai point.

    — C'est donc quelqu'un des tiens;
Car vous ne m'épargnez guère,
Vous, vos bergers, et vos chiens.
On me l'a dit : il faut que je me venge. »

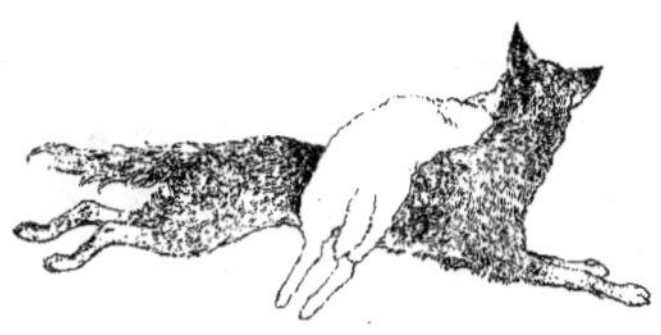

Là-dessus, au fond des forêts
Le loup l'emporte, et puis le mange,
Sans autre forme de procès.

L'HUITRE ET LES PLAIDEURS

Un jour deux pèlerins sur le sable rencontrent
Une huitre que le flot y venait d'apporter :

Ils l'avalent des yeux, du doigt ils se la montrent ;
A l'égard de la dent, il fallut contester.
L'un se baissait déjà pour amasser la proie ;

L'autre le pousse et dit : « Il est bon de savoir
  Qui de nous en aura la joie.
Celui qui le premier a pu l'apercevoir

En sera le gobeur ; l'autre le verra faire.
  — Si par là l'on juge l'affaire,
Reprit son compagnon, j'ai l'œil bon, Dieu merci.

— Je ne l'ai pas mauvais aussi.
Dit l'autre, et je l'ai vue avant vous, sur ma vie.
— Hé bien ! vous l'avez vue ; et moi je l'ai sentie. »

Pendant tout ce bel incident.
Perrin Dandin arrive:

ils le prennent pour juge.

Perrin, fort gravement, ouvre l'huître, et la gruge,
Nos deux messieurs le regardant.

Ce repas fait, il dit, d'un ton de président:
« Tenez, la cour vous donne à chacun une écaille
Sans dépens ; et qu'en paix chacun chez soi s'en aille.»

LE CHAT LA BELETTE ET LE PETIT LAPIN

Du palais d'un jeune lapin
Dame belette, un beau matin,
S'empara : c'est une rusée.
Le maître étant absent, ce lui fut chose aisée.
Elle porta chez lui ses pénates, un jour

Qu'il était allé faire à l'aurore sa cour
Parmi le thym et la rosée.
Après qu'il eut brouté, trotté, fait tous ses tours,

Jeannot lapin retourne aux souterrains séjours.
La belette avait mis le nez à la fenêtre.
« O dieux hospitaliers ! que vois-je ici paraître !
Dit l'animal chassé du paternel logis.

Holà ! madame la belette,
Que l'on déloge sans trompette,
Ou je vais avertir tous les rats du pays. »

La dame au nez pointu répondit que la terre
Était au premier occupant.
C'était un beau sujet de guerre
Qu'un logis où lui-même il n'entrait qu'en rampant !

« Et quand ce serait un royaume,
Je voudrais bien savoir, dit-elle, quelle loi
En a pour toujours fait l'octroi
A Jean, fils ou neveu de Pierre ou de Guillaume,
Plutôt qu'à Paul, plutôt qu'à moi. »

Jean lapin allégua la coutume et l'usage :
« Ce sont, dit-il, leurs lois qui m'ont de ce logis
Rendu maître et seigneur, et qui, de père en fils,
L'ont de Pierre à Simon, puis à moi Jean, transmis.
Le premier occupant, est-ce une loi plus sage ?

— Or bien, sans crier davantage,
Rapportons-nous, dit-elle, à Raminagrobis. »

C'était un chat vivant comme un dévot ermite,
Un chat faisant la chattemite,
Un saint homme de chat, bien fourré, gros et gras,
Arbitre expert sur tous les cas.
Jean Lapin pour juge l'agrée.

Les voilà tous deux arrivés
Devant Sa Majesté fourrée.
Grippeminaud leur dit : « Mes enfants, approchez.
Approchez ; je suis sourd, les ans en sont la cause. »
L'un et l'autre approcha, ne craignant nulle chose.

Aussitôt qu'à portée il vit les contestants,
Grippeminaud le bon apôtre,
Jetant des deux côtés la griffe en même temps,
Mit les plaideurs d'accord en croquant l'un et l'autre.

Ceci ressemble fort aux débats qu'ont parfois
Les petits souverains se rapportant aux rois.

LE LOUP ET LA CIGOGNE

Les loups mangent gloutonnement.
Un loup donc étant de frairie
Se pressa, dit-on, tellement
Qu'il en pensa perdre la vie :
Un os lui demeura bien avant au gosier.

De bonheur pour ce loup, qui ne pouvait crier,
   Près de là passe une cigogne.
   Il lui fait signe ; elle accourt.

Voici l'opératrice aussitôt en besogne.

Elle retira l'os ;

   puis, pour un si bon tour,
Elle demanda son salaire.

« Votre salaire ! dit le loup ;
Vous riez, ma bonne commère !
Quoi ! ce n'est pas encor beaucoup
D'avoir de mon gosier retiré votre cou !
Allez, vous êtes une ingrate :
Ne tombez jamais sous ma patte. »

LE RAT ET L'HUITRE

Un rat, hôte d'un champ, rat de peu de cervelle,
Des lares paternels un jour se trouva soûl.
Il laisse là le champ, le grain, et la javelle,
Va courir le pays, abandonne son trou.
   Sitôt qu'il fut hors de la case :

« Que le monde, dit-il, est grand et spacieux !
Voilà les Apennins, et voici le Caucase ! »
La moindre taupinée était mont à ses yeux.
Au bout de quelques jours le voyageur arrive
En un certain canton où Téthys sur la rive
Avait laissé mainte huitre ; et notre rat d'abord

Crut voir, en les voyant, des vaisseaux de haut bord.
« Certes, dit-il, mon père était un pauvre sire !
Il n'osait voyager, craintif au dernier point.
Pour moi, j'ai déjà vu le maritime empire :
J'ai passé les déserts, mais nous n'y bûmes point. »
D'un certain magister le rat tenait ces choses,
   Et les disait à travers champs ;
N'étant pas de ces rats qui, les livres rongeants,
   Se font savants jusques aux dents.

   Parmi tant d'huitres toutes closes
Une s'était ouverte ; et, bâillant au soleil,
   Par un doux zéphyr réjouie,
Humait l'air, respirait, était épanouie,
Blanche, grasse, et d'un goût, à la voir, nonpareil.
D'aussi loin que le rat voit cette huitre qui bâille :
« Qu'aperçois-je ? dit-il ; c'est quelque victuaille ! »

Et, si je ne me trompe à la couleur du mets,
Je dois faire aujourd'hui bonne chère, ou jamais. »
Là-dessus maitre rat, plein de belle espérance,
Approche de l'écaille, allonge un peu le cou,

Se sent pris comme aux lacs ; car l'huitre tout d…
Se referme. Et voilà ce que fait l'ignorance.

ALBUMS POUR LA JEUNESSE

Collection de la LIBRAIRIE PLON

M. B. DE MONVEL

LA FONTAINE

FABLES CHOISIES POUR LES ENFANTS

VIEILLES CHANSONS ET RONDES	LA CIVILITÉ PUÉRILE ET HONNÊTE	CHANSONS DE FRANCE
POUR LES PETITS FRANÇAIS	EXPLIQUÉE PAR L'ONCLE EUGÈNE	POUR LES PETITS FRANÇAIS
Notées, avec accompagnements faciles, par Ch. M. Widor.		Notées, avec accompagnements faciles, par J. B. Weckerlin.

CRAFTY

LA CHASSE A COURRE	L'ÉQUITATION PUÉRILE ET HONNÊTE	LA CHASSE A TIR
NOTES ET CROQUIS	PETIT TRAITÉ A LA PLUME ET AU PINCEAU	NOTES ET CROQUIS

MARS

NOS CHÉRIS	COMPÈRES ET COMPAGNONS
CHEZ EUX — A LA VILLE — A LA MER — A LA CAMPAGNE	PETITS AMIS
DANS LE MONDE	GRANDS AMIS — BONNES CONNAISSANCES

Chacun de ces Albums forme un beau volume in-4° oblong, richement illustré en couleurs, très élégante reliure toile anglaise, avec fers spéciaux. Prix : 10 francs.